Alexander, que de ninguna manera —*¿le oyen?*—*¡lo dice en serio!*— se va a mudar

por **JUDITH VIORST**

ilustrado por
Robin Preiss Glasser
en el estilo de Ray Cruz

traducido por Alma Flor Ada

LIBROS COLIBRÍ

La autora y la casa editorial desean expresar su reconocimiento y gratitud a Ray Cruz no solamente por ser un artista de mucho talento que le dio vida visualmente a Alexander, sino también por su contribución al desarrollo inicial de las ilustraciones de este libro, que, por razones personales, no ha podido completar. Su espíritu de cooperación y su generoso interés por el disfrute de los jóvenes lectores merecen el más alto elogio.

Libros Colibrí
Simon and Schuster Children's Publishing Division
1230 Avenue of the Americas
New York, New York 10020

The text of this book is set in Plantin Light.
First edition
10 9 8 7 6 5 4
Printed in the United States of America

Library of Congress Cataloging in Publication Data

Viorst, Judith.
　　[Alexander who's not (do you hear me? I mean it!) going to move. Spanish]
　　Alexander, que de ninguna manera—¿le oyen?—¡lo dice en serio!—se va a mudar / por Judith Viorst;
　　dibujos por Robin Preiss Glasser en el estilo de Ray Cruz; traducido por Alma Flor Ada. — 1st ed.
　　p.　cm.
　　Summary: Angry Alexander refuses to move away if it means having to leave his favorite friends and special places.
　　ISBN 0-689-31984-3 (hardcover)　　0-689-80175-0 (paperback)
　　[1. Moving, Household—Fiction. 2. Spanish language materials.]
　　I. Cruz, Ray, ill. II. Preiss Glasser, Robin, ill. III. Ada, Alma Flor. IV. Title.
　　PZ73.V577　　1995　　　　　　　　　　　　　　95-5278
　　　　　　　　　　　　　　　　　　　　　　　　　　　CIP
　　　　　　　　　　　　　　　　　　　　　　　　　　　AC

Para Miranda Rachel Viorst

—J.V.

Para mi hermana, Erica

—R.P.G.

No pueden obligarme a empaquetar mi guante de béisbol ni mi camisa de entrenamiento de AMO A LOS DINOSAURIOS ni mis botas de vaquero. No me pueden hacer empaquetar mis patines de hielo, mis pantalones vaqueros con ocho cremalleras, mi brújula, mi radio o mi cerdo de peluche. Mi papá está empaquetando. Mi mamá está empaquetando.
Mis hermanos Nick y Anthony están empaquetando.

Yo no estoy empaquetando. Yo no me voy a mudar.

Mi papá dice que nos tenemos que mudar a donde está su nuevo empleo.
Ese empleo está a mil millas. Mi mamá dice que nos tenemos que mudar a
donde está nuestra nueva casa. Esa casa está a mil millas. En la casa de al lado
vive un chico de la edad de Anthony, y un poco más allá en la misma calle vive
un chico de la misma edad de Nick.

No hay nadie de mi edad en la casa de al lado ni en la misma calle y quizá ni
en mil millas.

De ninguna manera—¿ME OYEN?—¡LO DIGO EN SERIO!—me voy a mudar.

Nunca más tendré un mejor amigo como Paul. Nunca más tendré alguien que me cuide como Rachel. Nunca más tendré mi equipo de fútbol ni el grupo para viajar juntos en el carro. No tendré chicos que me conozcan, salvo mis hermanos, y a veces *ellos* no quieren conocerme.

Yo no voy a empaquetar. Yo no me voy a mudar.

Nick dice que soy tonto y que me deberían hacer un trasplante de cerebro. Anthony dice que soy inmaduro. Mi mamá y mi papá dicen que después de un tiempo me acostumbraré a vivir a mil millas de todo.

Nunca. Jamás. De ninguna manera. Ni hablar. N.O.

Quizá me pudiera quedar y
vivir con los Baldwins. Tienen
un perro.

Siempre he querido tener un
perro.

Quizá me pudiera quedar y vivir con los Rooneys. Tienen seis niñas. Siempre han querido tener un niño.

Quizá me pudiera quedar y vivir con el Sr. y la Sra. Oberdorfer.
Siempre regalan cosas magníficas el Día de las Brujas.

Me podría quedar y vivir
solo quizá en una casita en
un árbol o quizá en una
tienda de campaña o
quizá en una cueva.

La casa de ALEXANDER

Prohibido entrar
especialmente
Anthony
Y Nick

Nick dice que podría vivir en el zoológico con todos los demás animales. Anthony dice que soy inmaduro. Mi papá dice que debo de ir a ver por última vez mis lugares favoritos.

Los iré a ver, pero no será por última vez.

Miré al techo de los Rooneys donde me trepé una vez pero luego no me pude bajar hasta que vinieron los bomberos y me ayudaron. Miré a la Farmacia de Pearson, donde dicen que mi mamá una vez tuvo que pagar ochenta dólares cuando tiré al aire una pelota que casi pesqué.

Miré al terreno cerca de la casa de Albert, donde aprendí de una vez
y por todas lo que es hiedra venenosa.
Miré a mi escuela, donde hasta la Sra. Knoop, la maestra sobre la
cual una vez derramé una pecera, dice que me va a extrañar.

Miré a mis lugares preferidos, donde han ocurrido un montón de cosas diferentes—no sólo diferentes, pero diferentes en el buen sentido.
Como ganar la carrera de sacos.
Como encontrar aquella linterna.
Como escupir más lejos que Jack tres veces seguidas.

Como vender tanta limonada que mi papá dijo que probablemente tendría que pagar impuestos. Mi papá sólo estaba bromeando sobre tener que pagar impuestos. Ojalá que sólo estuviera bromeando sobre tenernos que mudar.

De ninguna manera—¿ME OYEN?—¡LO DIGO EN SERIO!—me voy a mudar.

Nick dice que estoy actuando como un cretino.
Anthony dice que soy inmaduro.
Mi mamá dice que les tengo que decir adiós por última vez a
mis personas favoritas.

Les estoy diciendo adiós, pero no será por última vez.

Les dije adiós a mis amigos, especialmente a Paul, que es casi como tener otro hermano, excepto que no me dice cretino ni inmaduro.

Les dije adiós a mis vecinos, especialmente a Swoozie, que es casi como
tener un perro propio, excepto que es
el perro de los Baldwins, en lugar de
ser mío.

Le dije adiós a Rachel que me enseñó a pararme de cabeza y a silbar con dos dedos, pero que dice que no trate de hacer ambos al mismo tiempo.
Le dije adiós a la Tintorería Seymour que—aunque sólo sea envolturas de goma de mascar o un diente viejo—me guardan todo lo que dejo en los bolsillos.

Les dije adiós a montones de gente y me dieron montones de abrazos y besos, tantos abrazos y besos como para que me alcancen para toda la vida. Dije adiós por montones, excepto que me voy a quedar aquí. Yo no me voy a mudar.

Cuando los de la mudanza vengan a poner los muebles de mi cuarto en el camión, quizá voy a hacer una barricada en la puerta de mi cuarto. Cuando mi papá quiera atar mi bicicleta a la parrilla sobre el techo de la camioneta, quizá voy a encerrar mi bicicleta y a enterrar la llave. Cuando mi mamá diga: "Termina de empaquetar, que es hora de irnos," quizá me busque y no me encuentre.

Conozco escondites donde nunca me encontrarán.

Como detrás de las hileras de ropa en la Tintotería Seymour.
Como debajo del piano en el sótano de Eddie.
Como dentro del barril de pepinillos en el Mercado Friendly.
O quizá pudiera esconderme entre las malas hierbas en el terreno al
lado de la casa de Albert, ahora que sé distinguir la hiedra venenosa.

Prefiero tener erupción de hiedra venenosa que
tenerme que mudar.

Mi papá dice que quizá me tome algún tiempo pero que encontraré otro equipo de fútbol.

Dice que quizá me tome algún tiempo pero que encontraré chicos de mi edad.

También dice que, a veces, cuando una persona se muda, es posible que su padre le deje tener un perro para que sea su amigo hasta que encuentre amigos personas.
Yo creo que Swoozie Segundo sería un buen nombre.

Mi mamá dice que quizá tome algún tiempo pero que encontraremos una persona estupenda para cuidarme. Dice que quizá tome algún tiempo pero que encontraremos una tintorería donde guarden hasta las envolturas de goma de mascar y los dientes viejos. Dice también que, algunas veces, cuando una persona se muda, es posible que su madre le deje llamar a su mejor amigo por larga distancia. Yo ya me sé el número de teléfono de memoria.

Paul me dio una gorra de béisbol. Rachel me dio una mochila que brilla en la oscuridad. El Sr. y la Sra. Oberdorfer nos dieron cosas deliciosas para comer por mil millas. Nick dice que si me siento solo en mi cuarto nuevo, quizá me deje dormir con él por un tiempo.

Anthony dice que Nick está siendo maduro.

Mi papá está empaquetando. Mi mamá está empaquetando. Mis hermanos Nick y Anthony están empaquetando. A mí no me gusta nada, pero estoy empaquetando también.

Mejor que no se les ocurra mudarse de nuevo cuando lleguemos a donde vamos.

Porque esta es la última vez que lo hago.
La próxima vez no podrán convencerme.
Nunca. Jamás. De ninguna manera. Ni hablar. N.O.

De ninguna manera—¿ME OYEN?—¡LO DIGO EN SERIO!—
me voy a mudar.

☐ COCINA
☐ COMEDOR
☐ BAÑO
☐ DORMITORIO
☒ EL CUARTO NUEVO
DE ALEXANDER